월간 내로라

단숨에 읽을 수 있는 고전 단편을 찾아내고 번역하여 냅니다. 영혼을 울리는 이야기를 좋아합니다.

오늘의 추억과 감정을 그저 흘려보내고 있을 때, 가만히 멈춰 설 여유를 낼 수 있기를 바랍니다. 다른 세상의 이야기를 통해 나 자신의 감정을 조금 더 인정하게 되고, 새로 알게 된 나를 조금 더 아껴 줄 수 있게 되기를 바랍니다.

더 나은 사람이 되고 싶습니다. 같은 꿈을 가진 사람들을 모으고 싶습니다. 그런 우리가 모여 이야기를 나눌 때, 문화가 생겨나고 더 나은 세상이 열린다고 믿습니다. 더 깊게 다채로워지기를, 더 넓게 자유로워지기를, 간절히 소망합니다.

2021.03.01.

내로라 드림.

월간 내로라 N'202103

한 달에 한 편. 영문 고전을 번역하여 담은 단편 소설 시리즈입니다.
짧지만 강렬한 이야기로 독서와 생각, 토론이 풍성해지기를 바랍니다.

나이팅게일과 장미

지은이 오스카 와일드
옮긴이 차영지   **우리말감수** 이연수
그린이 정지은   **번역문감수** 강연지, 박서교
보탬이 조용성, 박서교, 박병진, 신가네 육남매

초판 1쇄 2021년 3월 01일

펴 낸 곳 내로라
출판등록 2019년 03월 06일 [제2019-000026호]
주 소 서울시 은평구 응암동 599-15 #504
이 메 일 naerora.com@gmail.com
홈페이지 naerora.com
인 스 타 @naerorabooks

ISBN: 979-11-973324-1-8

+ 내로라가 기획하고 번역하여 만든 '월간 내로라' 입니다.
  책의 일부/전부를 재사용하려면 반드시 내로라의 동의를 얻어야 합니다.

월간 내로라
함께 읽기

읽는이:

"It is what you read when you don't have to

that determines what you will be

when you can't help it."

- Oscar Wilde

"아무것도 할 수 없는 절망에 빠진 사람이

어떤 모습으로 변할지 결정하는 것은

지난날 쓸데없이 읽었던 것들이다."

– 오스카 와일드

Table of Contents

차례

다른 사람들이 나의 의견에 동의할 때마다 나는
내가 반드시 틀렸을 것이라는 느낌을 받는다.
Whenever people agree with me,
I always feel I must be wrong.

Oscar Wilde
오스카 와일드
(1854~1900)

저자 소개

오스카 핑걸 오플래허티 윌즈 와일드
Oscar Fingal O'Flahertie Wills Wilde

자신이 The Oscar, 혹은 The Wilde로 불릴 거라 기대
한 작가. 아일랜드 대표 작가. 예술을 위한 예술, 유미주의
로 향했다. 키 191센티미터에 수려한 외모. 빅토리아 여왕
의 시대, 정점에 오른 극작가, 소설가, 시인. 언어유희, 예리
한 비유, 모순된 행동, 끝을 향한 쾌락이 그다.

영국의 이데올로기적 엄숙함을 조롱했다. 별난 옷차림과
기벽으로 유명했다. 1854년생. 아버지는 의사였고, 어머니
는 시를 썼다. 대학에서 고전과 고대 언어를 공부했다. 아
름다운 아내와 아들을 가졌다.

잘난 작가는 철없는 귀족 대학생과 사랑했다. 그땐 금지
된 동성애였다. 오스카는 첫 만남을 추억했다.

우리의 눈이 마주쳤을 때
나는 내 얼굴에서 핏기가 가시는 걸 느낄 수 있었어.
난 기이한 두려움에 휩싸였지.
존재만으로도 그토록 매혹적이어서,
내가 허용하기만 한다면
나의 본성과 영혼 전부를, 나의 예술 자체를
다 빨아들이고 말 누군가와 마주하고 있다는
사실을 깨달았지.

When our eyes met,

I felt that I was growing pale.

A curious sensation of terror came over me.

I knew that I had come face to face with some one

whose mere personality was so fascinating that,

if I allowed it to do so,

it would absorb my whole nature,

my whole soul,

my very art itself.

연인 더글러스의 병은 사치, 향락, 히스테릭이다.

남색 혐의로 고소당해 선 법정. 오스카는 연극 무대 삼아 언어유희로 청중을 웃겼다. 사법 제도와 기존 질서를 경멸하는 말에 배심원은 마음이 싸늘해졌다. 파산했고, 감옥에 갔다. 원망, 그리움, 성찰 그리고 예술가의 존엄을 담아 더글러스에게 보내는 편지를 남겼고, 이는 『옥중기』 혹은 『심연으로부터』라는 이름으로 출간되었다.

"지혜가 내게 아무 도움도 되지 못하고,
철학은 불모지 같고,
내게 위안을 주고자 했던 이들의 격언이나 문구가
내 입속에서 티끌과 재처럼 서걱거릴 때,
조용히 침묵하던 그 작은 사랑의 행위에 대한 기억은
나를 위해 모든 연민의 우물을 막아 놓았던 봉인을 풀고,
사막을 장미처럼 활짝 꽃피우게 하며,
고독한 유배의 쓸쓸함에서 나를 끌어내
세상의 상처받고 망가진 위대한 영혼들과
조화를 이루게 했지.

When wisdom has been profitless to me,
philosophy barren, and the proverbs and phrases
of those who have sought to give me consolation
as dust and ashes in my mouth,
the memory of that little, lowly, silent act of love
has unsealed for me all the wells of pity:
made the desert blossom like a rose,
and brought me out of the bitterness of lonely exile
into harmony with the wounded, broken,
and great heart of the world.

출소 뒤 글 쓰지 않았다. 프랑스·이탈리아를 떠돌다 1900년 파리의 알자스 호텔에서 마지막 숨을 쉬었다. 46살이었다.

인간 지력의 한계, 사랑의 덧없음, 되뇌는 예술의 의미, 결국 철학책으로 회귀하는 『나이팅게일과 장미』는 오스카 일생과 결을 같이한다.

나르시시스트 작가 오스카에게 시대를 초월한 명작 백 권을 알려 달라고 요청했다.

그럴 수 없을 것 같은데요.
난 아직 다섯 권밖에 쓰지 않았거든요.
I fear that would be impossible.
Because I have written only five.

감옥에서 나온 오스카에게 왜 글을 쓰지 않는지 물었다.

나는 삶이 뭔지 모를 때 글을 썼지요.
이젠 그 의미를 알기 때문에
더 이상 쓸 게 없습니다.
삶은 글로 쓸 수 있는 게 아닙니다.
그저 살아내는 것입니다.
나는 삶을 살아냈습니다.

I wrote when I did not know life;
now that I do know the meaning of life,
I have no more to write.
Life cannot be written,
life can only be lived,
I have lived.

조 용 성 YTN 기자

　다시 볼 문장은 형광펜으로 긋는다. 소설가 이디스 워튼
은 촛불이 되거나. 그것을 비추는 거울이 되어 빛을 퍼뜨릴
수 있다고 했다. 두 번째 방법으로 10년 동안 법조팀·사건
팀·정치부·뉴스PD를 거쳐 경제부에 있다.

사랑을 결단한 적이 있나요?
진정한 사랑이란 뭘까요?

Have you ever made a decision to be in love?
What do you think the true love is?

희생을 결단한 적이 있나요?

진정한 희생이란 뭘까요?

Have you ever made a decision to sacrifice?

What do you think the true sacrifice is?

The
Nightingale
and the
Rose

나
이
팅
게
일
과

장
미

Part I

About the Mystery of Love

제 1 장

사랑, 그 이해할 수 없는 신비에 대하여

"She said that she would dance with me if I brought her red roses," cried the young Student; "but in all my garden there is no red rose."

From her nest in the holm-oak tree the Nightingale heard him, and she looked out through the leaves, and wondered.

"No red rose in all my garden!" he cried, and his beautiful eyes filled with tears. "Ah, on what little things does happiness depend! I have read all that the wise men have written, and all the secrets of

"빨간 장미 한 송이만 가져오면 파트너가 되어 준다고, 분명 그렇게 말했는데. 빨간 장미 한 송이를 위해 온 정원을 헤매었건만, 찾을 수가 없구나."

늘 푸른 참나무 둥지 아래에서 절망적인 소리가 들려왔어요. 호기심을 느낀 나이팅게일이 내려다보니, 가려진 나뭇잎 사이로 울고 있는 젊은 학생이 보였지요.

"나의 정원에는, 빨간 장미가 한 송이도 없도다!" 학생의 조각 같은 눈에 눈물이 그렁그렁 맺혔어요. "아, 행복이란 어쩜 이리도 사소한 것에 달려 있는지. 현자들이 쓴 책을 모두 섭렵하였고, 철학의 신비로운 비밀을 모두 나

philosophy are mine, yet for want of a red rose is my life made wretched."

"Here at last is a true lover," said the Nightingale. "Night after night have I sung of him, though I knew him not; night after night have I told his story to the stars, and now I see him. His hair is dark as the hyacinth-blossom, and his lips are red as the rose of his desire; but passion has made his face like pale ivory, and sorrow has set her seal upon his brow."

"The Prince gives a ball to-morrow night," murmured the young Student, "and my love will be of the company. If I bring her a red rose she will dance with me till dawn. If I bring her a red rose, I shall hold her in my arms, and she will lean her head upon my shoulder, and her hand will be clasped in mine. But there is no red rose in my garden, so I shall sit lonely, and she will pass me by. She will have no heed of me, and my heart will break."

의 것으로 만들었건만. 고작 빨간 장미 한 송이를 얻지 못해서 내 삶이 이토록 비참해지는구나!"

"진정한 사랑이 여기에 있었어! 날마다 밤마다 그를 노래했네. 그를 알지도 못했으면서. 날마다 밤마다 별님에게 속삭였다네. 이제야 드디어 보게 된 거야. 히아신스 꽃처럼 굽이치는 머리칼과, 애타게 찾는 장미처럼 붉은 입술. 그리고 들끓는 열정에 희게 질린 얼굴과, 짙은 슬픔이 내려앉은 눈썹까지도."

"왕자의 연회가 바로 내일… 이구나. 내가 사랑하는 여인도 분명 누군가의 손을 잡고 참석하겠지. 빨간 장미 한 송이만 바칠 수 있다면, 아름다운 그와 새벽까지 춤을 출수 있을 텐데. 빨간 장미 한 송이만 바칠 수 있다면, 그 작은 손을 나의 손으로 움켜쥐고, 그 작은 머리를 나의 어깨에 기대고, 그 작은 몸을 나의 품에 안을 수 있을 텐데. 하지만 나의 정원에는 빨간 장미가 단 한 송이도 없으니, 그저 외로이 앉아서 스쳐 가는 뒷모습을 바라볼 수밖에. 내게는 눈길도 주지 않는 그 뒷모습을 바라보며, 심장이 갈기갈기 찢기는 고통을 하릴없이 느낄 수밖에."

"Here indeed is the true lover," said the Nightingale. "What I sing of, he suffers: what is joy to me, to him is pain. Surely Love is a wonderful thing. It is more precious than emeralds, and dearer than fine opals. Pearls and pomegranates cannot buy it, nor is it set forth in the marketplace. It may not be purchased of the merchants, nor can it be weighed out in the balance for gold."

"The musicians will sit in their gallery," said the young Student, "and play upon their stringed instruments, and my love will dance to the sound of the harp and the violin. She will dance so lightly that her feet will not touch the floor, and the courtiers in their gay dresses will throng around her. But with me she will not dance, for I have no red rose to give her"; and he flung himself down on the grass, and buried his face in his hands, and wept.

"Why is he weeping?" asked a little Green Lizard,

"진정한 사랑이 찾아온 거야! 내가 찬미하는 사랑이 그에겐 곤란이고, 내가 환희하는 사랑이 그에겐 고통이네. 사랑이란 진정으로 위대한 것. 에메랄드보다 귀하고 최고급 오팔보다도 값진 것. 진주나 석류와는 바꿀 수도 없고, 시장에서 팔지도 않는 것. 상인에게 살 수 있는 물건이 아니고, 금의 무게를 다는 저울로도 그 값을 측정할 수가 없네."

"아-! 연주석에 앉은 악단이 보이는 것 같다. 그들은 현으로 만든 악기를 들고 앉아, 아름다운 선율을 만들어 내겠지. 그들이 연주하는 하프 바이올린 소리에 맞춰, 사랑스러운 나의 여인은 춤을 출 테다. 발이 바닥에 닿지도 않는 가벼운 몸짓으로 춤을 추면, 화려하게 치장한 남자들이 시커멓게 모여들겠지. 하지만 나는 한 곡의 기회도 얻지 못할 것이다. 빨간 장미를 구하지 못했으니까…." 학생은 잔디밭으로 몸을 던지며 두 손에 얼굴을 묻고 울었어요.

"저 인간은 왜 울어?" 꼬리를 하늘로 치켜들고 학생 옆을 바삐 지나가던 작은 초록 도마뱀이 물었어요.

as he ran past him with his tail in the air.

"Why, indeed?" said a Butterfly, who was fluttering about after a sunbeam.

"Why, indeed?" whispered a Daisy to his neighbour, in a soft, low voice.

"He is weeping for a red rose," said the Nightingale.

"For a red rose!" they cried; "how very ridiculous!" and the little Lizard, who was something of a cynic, laughed outright.

But the Nightingale understood the secret of the Student's sorrow, and she sat silent in the oak-tree, and thought about the mystery of Love.

"맞아, 왜?" 햇살을 쫓아 날아다니던 나비도 궁금해했어요.

"맞아, 왜?" 작고 여린 목소리의 데이지 꽃도 친구에게 속닥거렸지요.

"색이 붉은 장미를 구할 수가 없어서 그래." 나이팅게일이 답했어요.

"빨간 장미 한 송이 때문에?" 셋이 입을 모아 소리쳤어요. "엄청 바보 같네!" 냉소적인 목소리로 물었던 작은 초록 도마뱀은 크게 웃음을 터트렸어요.

그러나 나이팅게일은 참나무 가지 위에 말없이 앉아 있었어요. 학생의 눈물 뒤에 숨겨진 그 슬픔의 비밀을 이해했거든요. 나이팅게일은 한참 동안 깊이 생각했어요. 사랑, 그 이해할 수 없는 신비에 대하여.

Part 2

Give me a red rose

제 2 장
색이 붉은 장미를 나에게 줘

Suddenly she spread her brown wings for flight, and soared into the air. She passed through the grove like a shadow, and like a shadow she sailed across the garden.

In the centre of the grass-plot was standing a beautiful Rose-tree, and when she saw it, she flew over to it, and lit upon a spray.

"Give me a red rose," she cried, "and I will sing you my sweetest song."

But the Tree shook its head.

나이팅게일은 작은 날개를 활짝 펼쳐 도약을 준비했고, 순식간에 까마득한 하늘 위로 날아올랐어요. 수풀을 날아오르는 모습이 마치 그림자 같았고, 그림자처럼 정원을 가로질렀어요.

　잔디밭이 드넓게 펼쳐져 있었고, 그 한가운데 아름다운 장미 나무가 있었어요. 나무를 본 나이팅게일은 곧장 나무의 작은 가지 위에 올랐지요.

　"색이 붉은 장미를 나에게 줘." 나이팅게일이 애원했어요. "나의 가장 사랑스러운 노래를 너에게 줄게."

　나무는 고개를 절레절레 저었어요.

"My roses are white," it answered; "as white as the foam of the sea, and whiter than the snow upon the mountain. But go to my brother who grows round the old sun-dial, and perhaps he will give you what you want."

So the Nightingale flew over to the Rose-tree that was growing round the old sun-dial.

"Give me a red rose," she cried, "and I will sing you my sweetest song."

But the Tree shook its head.

"My roses are yellow," it answered; "as yellow as the hair of the mermaiden who sits upon an amber throne, and yellower than the daffodil that blooms in the meadow before the mower comes with his scythe. But go to my brother who grows beneath the Student's window, and perhaps he will give you what you want."

So the Nightingale flew over to the Rose-tree that

"내 장미는 하얀색이란다. 저 넓은 바다의 거품만큼 하얗고, 산을 뒤덮은 눈보다 하얗지. 하지만… 오래된 해시계 근처에 뿌리를 내린 나의 형제에게 한번 가 보겠니? 어쩌면 나의 형제는 네가 바라는 것을 줄 수 있을지도 몰라."

나이팅게일은 오래된 해시계 주변에서 자라는 장미 나무에게 날아갔어요.

"색이 붉은 장미를 나에게 줘." 나이팅게일이 애원했어요. "나의 가장 사랑스러운 노래를 너에게 줄게."

나무는 고개를 절레절레 저었어요.

"내 장미는 노란색이란다. 호박석 옥좌에 앉은 인어의 머리카락만큼이나 노랗고, 커다란 낫으로 베어 내기 전 목초지에 만개한 수선화보다도 훨씬 노랗지. 하지만… 학생의 창문 근처에 뿌리를 내린 나의 형제에게 한번 가 보겠니? 어쩌면 나의 형제는 네가 바라는 것을 줄 수 있을지도 몰라."

나이팅게일은 학생의 창문 아래에서 자라는 장미 나무에게 날아갔어요.

was growing beneath the Student's window.

"Give me a red rose," she cried, "and I will sing you my sweetest song."

But the Tree shook its head.

"My roses are red," it answered; "as red as the feet of the dove, and redder than the great fans of coral that wave and wave in the ocean cavern. But the winter has chilled my veins, and the frost has nipped my buds, and the storm has broken my branches, and I shall have no roses at all this year."

"One red rose is all I want," cried the Nightingale. "Only one red rose! Is there any way by which I can get it?"

"There is a way," answered the Tree; "but it is so terrible that I dare not tell it to you."

"Tell it to me," said the Nightingale, "I am not afraid."

"If you want a red rose," said the Tree, "you must

"색이 붉은 장미를 나에게 줘." 나이팅게일이 애원했어요. "나의 가장 사랑스러운 노래를 너에게 줄게."

나무는 고개를 절레절레 저었어요.

"내 장미는 붉은색이 맞단다. 야생 비둘기의 발만큼이나 붉고, 깊은 바다 동굴에서 한들한들 춤추는 부채꼴 산호보다 더 붉지. 하지만 추운 겨울이 내 잎맥은 모두 꽁꽁 얼려버렸고, 시린 성애가 내 꽃봉오리를 몽땅 집어삼키고 말았단다. 게다가 내 가지는 태풍에 꺾이고 말았지. 그래서 올해에는 장미를 한 송이도 피워 낼 수 없을 것 같구나."

"색이 붉은 장미 한 송이… 그거면 되는데…" 나이팅게일이 애원했어요. "한 송이면 충분한데…. 방법이 없을까?"

"방법이 있긴 한데…. 아니야. 이건 네게 알려 주기에는 너무도 끔찍한 방법이구나."

"괜찮아, 말해 줘. 나는 두렵지 않아."

"색이 붉은 장미를 원한다면… 달빛 아래에서 노래로 꽃을 피우고 네 심장의 피로 물들여야 한단다. 네 가슴을

build it out of music by moonlight, and stain it with your own heart's-blood. You must sing to me with your breast against a thorn. All night long you must sing to me, and the thorn must pierce your heart, and your life-blood must flow into my veins, and become mine."

"Death is a great price to pay for a red rose," cried the Nightingale, "and Life is very dear to all. It is pleasant to sit in the green wood, and to watch the Sun in his chariot of gold, and the Moon in her chariot of pearl. Sweet is the scent of the hawthorn, and sweet are the bluebells that hide in the valley, and the heather that blows on the hill. Yet Love is better than Life, and what is the heart of a bird compared to the heart of a man?"

So she spread her brown wings for flight, and soared into the air. She swept over the garden like a shadow, and like a shadow she sailed through the

내 가시에 기대고, 나를 위한 노래를 불러야 해. 밤이 새도록, 너는 나를 위해 노래를 불러. 내 뾰족한 가시가 너의 심장을 관통하도록. 너의 모든 피가 흘러나와 나의 잎맥으로 스며들어 오도록. 너의 피가 온전히 나의 것이 되는 거야."

"붉은 장미 한 송이를 얻기 위해서… 죽어야 하다니." 나이팅게일은 울먹였어요. "삶을 소중하게 여기지 않는 이가 세상 어디에 있겠어. 푸른 숲에 앉아서, 황금마차를 타고 오르는 햇님을 보는 것을 좋아해. 진주 마차를 탄 달님을 보는 것도 좋아. 산사나무의 향기는 달콤하고, 골짜기에 숨어 피는 초롱꽃은 어여쁘지. 언덕 위에서 바람에 살랑대는 헤더 꽃도 모두 사랑스러워. 하지만… 사랑은, 생명보다 귀하지. 작은 새의 심장 따위는, 사람의 마음에 비할 바가 아닐 거야."

나이팅게일은 작은 날개를 활짝 펼쳐 도약을 준비했고, 순식간에 까마득한 하늘 위로 날아올랐어요. 정원을 훑는 모습이 마치 그림자 같았고, 그림자처럼 정원을 가로질렀어요.

grove.

The young Student was still lying on the grass, where she had left him, and the tears were not yet dry on his beautiful eyes.

젊은 학생은 여전히 잔디밭 그 자리에 누워 있었어요.
아름다운 두 눈에는 눈물이 여전히 그렁그렁 고여 있었답
니다.

Part 3

Be happy

제 3 장

행복해야 해

"Be happy," cried the Nightingale, "be happy; you shall have your red rose. I will build it out of music by moonlight, and stain it with my own heart's blood. All that I ask of you in return is that you will be a true lover, for Love is wiser than Philosophy, though she is wise, and mightier than Power, though he is mighty. Flame coloured are his wings, and coloured like flame is his body. His lips are sweet as honey, and his breath is like frankincense."

The Student looked up from the grass, and listened, but he could not understand what the Nightingale

"행복해…. 부디, 행복해야 해. 색이 붉은 장미를 너에게 줄게. 달빛 아래에서 노래로 꽃을 피우고 피로 물들여 너에게 보낼게. 내가 바라는 것은 오직 하나야. 진정한 사랑이 되어 줘. 사랑은 모든 지혜를 품은 철학보다 더 지혜롭고, 모든 강인함을 품은 권력보다 더 강인하니까. 그 날개는 불꽃같았고, 마치 불꽃이 그의 몸인 것처럼 붉을 거야. 입술은 꿀처럼 달콤하고 숨결은 유향처럼 향기롭겠지."

젊은 학생은 여전히 잔디밭에 누워 작은 새가 지저귀는 모습을 그저 바라보았어요. 나이팅게일이 무슨 말을 하는지 이해할 수가 없었거든요. 그가 아는 것이라고는 오직

was saying to him, for he only knew the things that are written down in books.

But the Oak-tree understood, and felt sad, for he was very fond of the little nightingale who had built her nest in his branches.

"Sing me one last song," he whispered; "I shall feel very lonely when you are gone."

So the Nightingale sang to the Oak-tree, and her voice was like water bubbling from a silver jar.

When she had finished her song the Student got up, and pulled a note-book and a lead-pencil out of his pocket.

"She has form," he said to himself, as he walked away through the grove, "that cannot be denied her; but has she got feeling? I am afraid not. In fact, she is like most artists; she is all style, without any sincerity. She would not sacrifice herself for others. She thinks merely of music, and everybody knows that the arts are selfish. Still, it must be admitted that she has some beautiful notes in her voice. What

책에서 배운 것뿐이기 때문이었죠.

하지만 참나무는 나이팅게일의 말을 이해했고, 그래서 깊이 슬퍼졌답니다. 자신의 가지 위에 둥지를 튼 작은 새를, 참나무는 참 많이 좋아했거든요. 참나무는 나이팅게일에게 희미하게 속삭였어요.

"마지막 노래를 불러 주겠니. 네가 사라지고 나면 나는 무척이나 외로워질 거야."

나이팅게일은 참나무를 위해 노래를 불렀어요. 은쟁반에 옥구슬이 굴러가듯 아름다운 목소리가 은은하게 울려 퍼졌어요.

노래가 끝나자, 학생은 자리에서 일어나 주머니에서 연필과 공책을 꺼내 들고 말했어요.

"새가 제법 완벽한 형식을 구사하는구나." 학생은 혼자서 노래를 들으며 수풀 사이를 걸었어요. "심금을 울리는 소리다. 부정할 수가 없구나. 하지만 그렇다고 해서 저 노래에 감정이 실린 것은 아니지. 그래, 저 새는 일종의 예술가다. 진정성은 전혀 없고 형식만을 중히 여기는 예술가. 미물은 희생을 모르지. 그저, 음악 그 자체만 생각하고 부를 뿐이야. 예술이 이기의 산물이라는 것은 누구나 다 아는 사실이니까. 하지만 그래도, 저 새의 노래가 무척이나

a pity it is that they do not mean anything, or do any practical good."

And he went into his room, and lay down on his little pallet-bed, and began to think of his love; and, after a time, he fell asleep.

아름답다는 것은 인정해야만 하겠구나. 참으로 안타깝다. 이토록 아름다운데. 아무런 의미도 없고, 아무런 쓸모도 없다니!"

그렇게 학생은 자신의 방으로 돌아갔어요. 그는 자그마한 나무 침대에 누워 사랑하는 여인을 상상했지요. 그리고 잠시 후, 까무룩 잠이 들었어요.

Part 4

Trembled all over with ecstacy

제 4 장
황홀감에 온몸을 부르르

And when the Moon shone in the heavens the Nightingale flew to the Rosetree, and set her breast against the thorn. All night long she sang with her breast against the thorn, and the cold, crystal Moon leaned down and listened. All night long she sang, and the thorn went deeper and deeper into her breast, and her lifeblood ebbed away from her.

She sang first of the birth of love in the heart of a boy and a girl. And on the topmost spray of the Rose-tree there blossomed a marvellous rose, petal

새카만 밤하늘에 달빛이 은은히 퍼지자, 나이팅게일은 장미 나무 위로 날아올랐어요. 뾰족한 가시에 자신의 가슴을 기대었지요. 밤이 새도록 노래를 부르며, 뾰족한 가시에 자신의 가슴을 기대었어요. 차갑게 빛나는 달님도 고개를 숙여 그 노랫소리를 들었어요. 밤이 새도록, 나이팅게일은 노래를 불렀어요. 뾰족한 가시는 작은 가슴을 깊이, 그리고 더 깊숙이 파고들었어요. 붉은 피가 흘러나오는 만큼, 생명의 빛도 흐려졌어요.

나이팅게일은 노래를 불렀어요. 첫 곡으로는, 소년과 소녀의 가슴에서 새로이 피어나는 사랑을 노래했지요. 그러

followed petal, as song followed song.

Pale was it, as first, as the mist that hangs over the river– pale as the feet of the morning, and silver as the wings of the dawn. As the shadow of a rose in a mirror of silver, as the shadow of a rose in a water-pool, so was the rose that blossomed on the topmost spray of the Tree.

But the Tree cried to the Nightingale to press closer against the thorn. "Press closer, little Nightingale," cried the Tree, "or the Day will come before the rose is finished."

So the Nightingale pressed closer against the thorn, and louder and louder grew her song, for she sang of the birth of passion in the soul of a man and a maid.

And a delicate flush of pink came into the leaves of the rose, like the flush in the face of the bridegroom when he kisses the lips of the bride. But the thorn

자, 나무의 가장 높은 가지에서 경이로운 장미 한 송이가 피어났어요. 노래를 따라 한 잎, 한 잎, 꽃이 피어났어요.

새로이 피어난 봉오리는 희게 질린 것처럼 색이 없었어요. 마치 강가에 자욱이 드리운 물안개와 같은 색이었고, 아침의 발끝처럼 창백한 색이기도 했으며, 새벽의 날개처럼 은빛으로 보이기도 했어요. 은거울에 비친 장미의 그림자처럼 보이기도 했고, 연못에 비친 장미의 그림자 같기도 했지요. 그렇게, 장미 한 송이가 나무의 가장 높은 곳에 있는 작은 가지에서 피어났어요.

그때, 나무가 나이팅게일에게 소리쳤어요. "조금 더 깊이 찔러, 작은 새야. 그렇지 않으면 장미가 완성되기도 전에 아침이 오고 말 거야."

나이팅게일은 가시를 더욱 꽈악 감싸 안았어요. 크게, 더 크게, 나이팅게일은 노래를 불렀죠. 이번에는 남자와 여자의 영혼에서 정열이 생겨나는 그 순간을 노래했어요.

장미의 꽃잎이 수줍은 분홍빛으로 달아올랐어요. 마치 새신부에게 입을 맞추고 수줍게 달아오르는 새신랑의 얼굴을 닮은 색이었지요. 하지만 가시가 아직 나이팅게일의

had not yet reached her heart, so the rose's heart remained white, for only a Nightingale's heart's-blood can crimson the heart of a rose.

And the Tree cried to the Nightingale to press closer against the thorn. "Press closer, little Nightingale," cried the Tree, "or the Day will come before the rose is finished."

So the Nightingale pressed closer against the thorn, and the thorn touched her heart, and a fierce pang of pain shot through her. Bitter, bitter was the pain, and wilder and wilder grew her song, for she sang of the Love that is perfected by Death, of the Love that dies not in the tomb.

And the marvellous rose became crimson, like the rose of the eastern sky. Crimson was the girdle of petals, and crimson as a ruby was the heart.

But the Nightingale's voice grew fainter, and her little wings began to beat, and a film came over her

심장에는 닿지 못했기에, 장미의 심장 역시 희게 질려 있었어요. 장미의 심장까지 붉게 물들일 수 있는 유일한 방법은, 그의 심장에서 흘러나온 피로 물들이는 것뿐이었거든요.

그때, 나무가 나이팅게일에게 소리쳤어요. "조금 더 깊이 찔러, 작은 새야. 그렇지 않으면 장미가 완성되기도 전에 아침이 오고 말 거야."

나이팅게일은 가시를 더욱 꽈악 감싸 안았고, 마침내 가시는 심장에 닿았어요. 끔찍한, 끔찍한 고통이 온몸을 관통했어요. 격렬하게, 더 격렬하게 나이팅게일은 노래를 불렀죠. 이번에는 죽음으로 완성되는, 무덤에서도 죽지 않는 사랑을 노래했어요.

장미가 마침내 경이로운 색으로 붉게 물들었어요. 그 퍼져 가는 진홍색은 마치 해가 넘어가는 동녘 하늘 같았고, 반짝반짝 빛을 내는 루비 같았지요.

하지만 나이팅게일의 목소리는 점점 더 희미해져 갔어요. 작은 날개는 바들바들 떨렸고, 두 눈은 탁하게 흐려지기 시작했어요. 노랫소리는 갈수록 생명력을 잃었고, 나이

eyes. Fainter and fainter grew her song, and she felt something choking her in her throat.

Then she gave one last burst of music. The White Moon heard it, and she forgot the dawn, and lingered on in the sky. The red rose heard it and it trembled all over with ecstasy, and opened it petals to the cold morning air.

Echo bore it to her purple cavern in the hills, and woke the sleeping shepherds from their dreams. It floated through the reeds of the river, and they carried its message to the sea.

"Look, look!" cried the Tree, "the rose is finished now"; but the Nightingale made no answer, for she was lying dead in the long grass, with the thorn in her heart.

팅게일은 목이 메어 왔어요.

나이팅게일은 마지막 힘을 쥐어짜 노래를 토해 냈어요.
하얀 달은 노랫소리에 취해, 지는 것도 잊고 하늘에 머물
렀지요. 빨갛게 물든 장미는 황홀감에 취해 온몸을 부르
르 떨며 새벽의 차가운 공기를 향해 자신의 꽃잎을 활짝
열었답니다.

노래는 메아리를 타고 언덕 위의 보랏빛 동굴로 들어가
단잠에 빠진 양치기를 깨웠어요. 노래는 메아리를 타고 강
가의 갈대를 스친 뒤 저 바다 너머로 노랫말을 전했지요.

"이것 봐! 이것 좀 봐!" 나무가 소리쳤어요. "장미가 완
성되었어." 그러나 나이팅게일은 답을 할 수 없었어요. 커
다란 가시에 심장을 관통당한 채, 수풀에 축 늘어져 죽어
있었거든요.

Part 5

A wonderful piece of luck

제 5 장
기가 막힌 행운

And at noon the Student opened his window and looked out.

"Why, what a wonderful piece of luck!" he cried; "here is a red rose! I have never seen any rose like it in all my life. It is so beautiful that I am sure it has a long Latin name"; and he leaned down and plucked it.

Then he put on his hat, and ran up to the Professor's house with the rose in his hand.

The daughter of the Professor was sitting in the doorway winding blue silk on a reel, and her little dog

정오 즈음, 창문을 열고 밖을 바라본 학생은 깜짝 놀라 소리쳤어요.

"와! 기가 막힌 행운이구나! 빨간 장미 한 송이야! 이렇게 아름다운 장미는 태어나서 처음 본다. 분명 길고 어려운 학명을 가졌을 테지." 그는 곧장 몸을 기울여 장미를 꺾었어요.

한 손에는 장미를 들고 다른 손으로는 모자를 눌러 쓴 다음 서둘러서 교수의 집으로 달려갔어요.

교수의 딸은 현관 앞에 앉아 푸른 명주실을 감고 있었어요. 발밑에는 작은 강아지 한 마리가 한가로이 쉬고 있

was lying at her feet.

"You said that you would dance with me if I brought you a red rose," cried the Student. "Here is the reddest rose in all the world. You will wear it to-night next your heart, and as we dance together it will tell you how I love you."

But the girl frowned. "I am afraid it will not go with my dress," she answered; "and, besides, the Chamberlain's nephew has sent me some real jewels, and everybody knows that jewels cost far more than flowers."

"Well, upon my word, you are very ungrateful," said the Student, angrily; and he threw the rose into the street, where it fell into the gutter, and a cartwheel went over it.

"Ungrateful!" said the girl. "I tell you what, you are very rude; and, after all, who are you? Only a Student. Why, I don't believe you have even got silver

었죠.

"그대여. 함께 춤을 추고 싶다면 빨간 장미를 가져오라 하지 않았소?" 학생이 말했어요. "여기, 이 세상에서 가장 빨간 장미라오. 그대의 심장 옆에 달아드리리다. 오늘 밤, 우리가 함께 춤을 추는 동안, 이 장미가 속삭여 줄 거라오. 내가 그대를 얼마나 사랑하는지."

하지만 교수의 딸은 얼굴을 찌푸리며 답했어요. "글쎄요. 제가 입을 드레스와 그다지 어울리지가 않네요. 게다가, 귀족가의 자제분께서 진짜 보석을 보내 주셨거든요. 보석이 꽃보다 훨씬 값지다는 건 누구나 다 알고 있는 사실이잖아요?"

"뭐?! 이런 괘씸한!" 학생은 분노를 터트리며 손에 들고 있던 장미를 내던졌어요. 색이 붉은 장미는 길가의 배수로에 떨어졌고, 지나가던 수레의 바퀴에 처침히 짓밟히고 말았지요.

"지금, 괘씸하다고 했어요?! 그쪽이야말로 무례하기 짝이 없군요! 머리가 있으면 생각을 해 봐요. 당신은 겨우 학생 아닌가요? 귀족가의 자제분들과는 비교도 할 수 없

buckles to your shoes as the Chamberlain's nephew has"; and she got up from her chair and went into the house.

는, 학생 말이에요! 신발에 은장식 하나도 달지 못한 주제에!" 교수의 딸은 자리에서 일어나 집으로 들어가 버렸어요.

"What a silly thing Love is," said the Student as he walked away. "It is not half as useful as Logic, for it does not prove anything, and it is always telling one of things that are not going to happen, and making one believe things that are not true. In fact, it is quite unpractical, and, as in this age to be practical is everything, I shall go back to Philosophy and study Metaphysics."

So he returned to his room and pulled out a great dusty book, and began to read.

"사랑이란… 참으로 어리석도다." 학생은 그 집에서 멀어지며 혼자서 중얼거렸어요. "사랑으론 아무것도 증명할 수가 없다. 그러니 유용성이라고는 논리의 반절만큼도 따라오지 못하지. 사랑은 일어나지도 않을 일을 지껄이고, 진실되지 않은 것을 믿으라고 들쑤신다. 실로 아무짝에도 쓸모없는 것이야. 요즘 세상에 가장 중요한 것은 쓸모를 다하는 것인데! 그래, 이제는 마음을 다잡고 돌아가야지. 철학과 형이상학의 학문으로."

그렇게 자신의 방으로 돌아온 학생은 먼지가 잔뜩 쌓인 두꺼운 책을 꺼내어 읽기 시작했답니다.

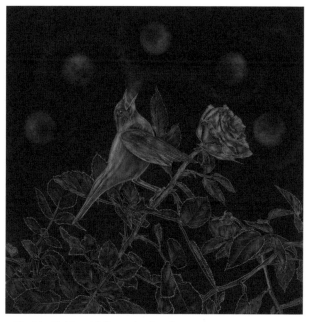

Bluefairy 정지은 <아름답고 쓰리고 쓸모없는> 2021 mixed media 50x50cm

Interpretations

작품 해석

빅토리아 시대

Victorian Era

영국은 유럽의 어느 국가보다 먼저 해외로 뻗어 나갔다. '군림하되 통치하지 않는다'라는 신념으로 아시아와 아프리카를 식민지로 만들며 역사상 가장 거대한 제국 중 하나인 대영제국을 형성했다.

1837년 6월 20일. 18살의 나이로 재위에 오른 빅토리아 여왕은 1901년 1월 22일 죽는 날까지 장작 63년 7개월 동안 영국의 최전성기를 이끌었다. 여왕의 이름을 빌려 이 시기를 빅토리아 시대라고 부르게 되었다.

영국 역사상 가장 화려한 전성기를 누리던 시대였다. 사회적으로, 종교적으로, 문화적으로 개혁이 있었다. 커다란 변화와 발전이 잇따랐다. 산업혁명은 소득의 증가를 가져왔지만, 그에 대한 후유증으로 허무주의를 남겼다. 청교도주의에 억압되어 있던 사람들은, 지난 세기에 정의된 이성주의에 저항했다. 낭만주의로 전향했고, 종교적, 사회적, 예술적으로 신비주의에까지 발을 들였다.

산업 혁명과 전력, 철도 교통, 전신의 발명으로 인하여 책의 생산과 유통이 늘어났다. 중산층이 넓어지며 다양한 지식을 갈망하는 이들이 늘어났고, 자기 계발과 여가 생활에 대한 관심이 뜨거워졌다. 더 많은 자본이 문학계로 흘러든 것은 자연스러운 순서였다.

19세기 초반에는 강력한 교훈이 담겨 있는 어린이 책이 인기를 끌었다. 지금까지 사랑받는 그림 형제 이야기나 안데르센의 동화, 그리고 루이스 캐럴의 『이상한 나라의 앨리스』도 이 시대에 탄생했다. 그리고 1830년대에 접어들자 교훈적인 책보다는 산업화와 그에 따른 사회적 문제를 풍자하는 사회적 소설(social novel)이 유행하기 시작했다.

이 시기를 가장 잘 나타내는 인물이 바로 오스카 와일드다. 유미주의를 대표하는 인물답게 아름다운 이야기를 써냈다. 그러나 그의 아름다운 이야기는 빅토리아 왕조가 만들어 낸 사회를 비판했고, 그들의 위선과 허영을 풍자했으며, 인간의 본성 그 자체를 비난했다.

오스카 와일드는 일평생을 반발하고 저항하다 끝내 추방을 당했지만, 여전히 빅토리아 시대의 가장 유명한 극작가로 손꼽힌다. 이는 다양한 사상의 탄생과 성장에 연료가 되었던 당시 영국의 부유함과 부강함을 증거하고 있는지도 모른다.

유미주의

Aestheticism

오스카 와일드는 19세기 유미주의를 대표하는 인물로 손꼽힌다. 탐미주의 혹은 심미주의라고도 불리는 유미주의는 모든 가치 중에서도 아름다움을 가장 위대하게 여기는 태도이며, 아름다움을 위한 아름다움, 예술을 위한 예술을 추구하는 삶의 방식이기도 하다.

쓸모나 유용성, 교훈 등은 배제하고 순수한 예술만을 지향한다. 진실과 진심, 선함보다는 아름다움을 추구하며, 때로는 악으로 규정된 것에서도 아름다움을 찾아낸다. 내재된 사상이나 의미보다는 실질적으로 느껴지는 감각이나 만들어진 형식을 중요시 생각한다. 아름다움에 대한 철학적 고찰이 아니라, 그야말로 아름다움 혹은 예술 그 자체에 중요성을 두는 것이다. 하지만 시대와 분야에 따라 조금씩 다른 형태와 의미로 쓰였기에 좁은 의미로 특정 지어 규정하기에는 어려움이 있다.

이야기 속에서 학생은 나이팅게일의 노랫소리를 듣고 감탄하지만, 곧 그의 노래에는 영혼이 없다고 비난한다. 이기적으로 예술 그 자체만을 추구할 뿐이며, 아무런 쓸모도 의미도 없다고 단정 짓는다. 진정한 사랑을 위해 자기희생을 결단한 줄은 꿈에도 모르고.

16~17세기 영국의 청교도주의는 탐미를 죄악시했다. 신앙적·도덕적 금제에 억압되어 있던 사람들은 아름다움을 추구하는 이 사상에 급속도로 빠져들었다. 때문에 도피성 쾌락과 향락의 추구를 미화하기 위한 것이 아니냐는 비판을 받기도 했다. 하지만 빅토리아 시대의 경제적 성장이 뒷받침되어 유미주의는 문화와 예술을 크게 발전시켰다.

아름다움을 최상의 가치로 여긴다고 하여 그 속에 아무

런 철학도 의미도 없다고 치부할 수 있을까. 아름답다고 하여 껍데기뿐일 거라 속단할 수 있을까. 유미주의란 아름다움의 추구이다. 그 뿐이다. 특정 집단의 유미주의자들이 비슷한 성향을 공유했을 수는 있지만.

당시 많은 이들이 오스카 와일드의 천재성을 인정하면서도 그의 삶은 비난했다. 희미하게 들려오는 자극적인 사건만 듣고 그는 퇴폐적이고 향락적인 삶을 살았다며, 속물적이고 충동적인 인물이 분명할 것이라 비난했다. 본능적으로 아름다움에 이끌리는 사람들조차, 아름다움뿐인 껍데기에는 숭고한 가치가 없다고 손가락질했다.

나이팅게일과 학생을 통해 와일드는 유미주의를 오해하는 이들에게 묻고 있는 것은 아닐까. 다른 이들의 감정에 공감할 수 없게 되어 버린 자신을 인정할 수 없어서, 혼자

방에 갇힌 이유가 지난 세기에 저술된 두꺼운 교훈을 읽어
내기 위함이라 자신을 위로하고 있는 것은 아닌지.

자비롭지 않은 나무

옮긴이의 해석 #1

일반적인 동화에서 나무는 온 세상을 아우르는 신처럼 묘사되곤 한다. 대자연의 어머니 혹은 아버지로 묘사되며 육체적·정신적 쉼터가 되어 주거나 소원을 들어주기까지 한다. 『나이팅게일과 장미』에서도 그럴까?

『나이팅게일과 장미』에는 늘 푸른 참나무와 세 그루의 장미 나무가 등장한다. 늘 푸른 참나무는 나이팅게일에게 둥지를 틀 가지를 내어 준다. 이야기 속에서 일어나는 모든 일을 지켜보고, 나이팅게일이 죽음을 결단했을 때 유일하게 슬퍼하기도 한다. 하지만 그는 철저한 방관자이다. 나이팅게일을 상당히 좋아했고 그의 노래를 즐겼다. 슬픔에 젖은 그는 말한다. "네가 사라지고 나면 내가 무척이나 외로워질 거야." 그는 철저하게 자기중심적이다. 그의 슬픔은 고통에 스러질 작은 새가 아닌, 혼자 남게 될 자신을 위한 마음일지도 모른다.

　장미 나무는 어떤가. 애끓는 요청에도 자기 자랑만 늘
어놓는다. 게다가, 아름다운 붉은 장미를 피워 낼 수 없는
올해의 자신을 안타까워한다. 나이팅게일을 위하는 척, 슬
그머니 붉은 장미를 피워 낼 방법을 제시하지만, 그가 진
정으로 원하는 것은 나이팅게일의 생명을 흡수하여 자신
의 아름다운 꽃을 피워 내는 것이다. 『나이팅게일과 장
미』에 나오는 나무는, 여느 동화에 나오는 신적인 존재라
기보다는, 여느 일상에서 찾아볼 수 있는 탐욕스러운 인
간의 모습과 더 닮아 있다.

　나이팅게일이 자신의 제안에 동조할 것처럼 보이자, 나
무는 자비로운 모습을 벗어던진다. 조심스러웠던 제안은
이제 명령이 된다. 장미를 피워 내는 나이팅게일의 고통은

무시한 채, 가시가 심장을 관통해야 한다고 소리친다. 마침내 장미꽃이 만개하자, 그는 크게 기뻐한다. 차갑게 식어 버린 나이팅게일의 작은 몸을 뒤로 한 채로.

의인화라는 요소를 제외하면 무엇 하나 동화스러운 것이 없다. 나무뿐만이 아니라 다른 동물도 그렇다. 타인의 고뇌와 슬픔에 공감하지 못하고 오히려 얕잡아 보는 냉소적인 도마뱀. 타인의 비극을 안줏거리 삼아 이리 저리 말을 옮기는 나비. 그리고 잘 알지도 못하면서 자신들끼리 타인을 평가하고 비난하며 속닥거리는 데이지 꽃까지.

어린이를 위하여 동심을 바탕으로 지은 이야기를 동화라고 한다. 『나이팅게일과 장미』는 동화일까. 차라리 인간의 가증스러운 이중성과 모든 진실된 가치를 잃어버린 우리 사회를 고발하는 풍자 문학이 아닐까.

나이팅게일과 히아신스

옮긴이의 해석 #2

나이팅게일은 무엇을 위해 죽은 것일까. 사랑을 위해서? 아니면 사랑하는 학생을 위해서? 진정한 사랑이 되어 달라는 나이팅게일의 마지막 부탁은 어떤 의미일까. 헛되이 느껴지는 죽음의 장을 넘긴 후, 먹먹함을 달래기 위해 답을 찾고 있다.

나이팅게일은 학생의 외모를 '히아신스꽃'에 비유한다. 그리스 로마 신화에 나오는 히아신스는 인간 중에서 가장 아름다운 사람으로 묘사되며, 태양의 신 아폴론과 서풍의 신 제피로스의 사랑을 한몸에 받았다고 전해진다. 그래서 어떤 이들은 나이팅게일이 학생의 외모에 홀려 성급하게 자신을 희생했다고 해석하기도 한다. 하지만 정말 그럴까?

아름다움을 숭상하는 아폴론은 히아신스를 매우 아껴 언제나 곁에 두었다. 히아신스가 홀로 남겨질 때마다 나타나 함께 가자고 유혹하는 제피로스를 매번 거절했던 것을 보면, 히아신스 역시 아폴론을 사랑했던 것으로 보인다. 히아신스와 아폴론은 원반던지기를 즐겼고, 어느 날 제피로스는 행복해 보이는 둘의 모습에 이성을 잃고 만다. 강력한 서풍의 신 제피로스는 바람을 일으켜 원반을 히아신스의 머리에 내리꽂아 버렸다. 히아신스는 즉사했다.

히아신스의 머리에서 검붉은 피가 흘러나왔고, 끈적이는 피는 생명의 빛이 모두 사라져 마침내 꺼져 버릴 때까지 계속 흘러나왔다. 죽어 가는 히아신스를 붙잡고 아폴론은 절규했지만, 아무리 신이라 할지라도 죽음 앞에서는 아무것도 할 수 없었다. 대신 아폴론은 바닥에 고인 히아신스의 피로 꽃을 피우고, 사랑했던 그를 영원히 기억하겠노라 약속하며, '슬프다'라는 탄식의 의미인 'AI'를 꽃잎에 새겨 온 세상이 히아신스의 죽음을 영원히 추모하도록 했다.

어떤 죽음은 세상을 변화시킨다. 커다란 교훈을 던져 주고 많은 이들을 깨우치게 만든다. 히아신스의 죽음이 어떤 교훈을 주고 있는지는 잘 모르겠지만, 이 세상에 한 종의 꽃을 만들 정도로 커다란 변화의 계기가 된 것은 사실이다.

하지만 어떤 죽음은 아무에게도 기억되지 못한다. 의미 없는 희생으로, 그저 바보 같은 행위로 치부된다. 죽은 이는 말이 없고, 그가 어떤 숭고한 가치를 위해 자신을 희생했는지 알려지지 않았기 때문에. 아직 아무도 이해하지 못했기 때문에.

그래도 나는 기억하려 한다. 히아신스는 선택을 받았고 사랑을 받았으며 죽임을 당했다. 나이팅게일은 사랑을 선

택했고 희생을 결심했으며 스스로 죽어 갔다. 우리는 사랑을 명확하게 정의하지 못한다. 우리가 사랑이라 여기는 대부분은 어쩌면 자기 세뇌이고 합리화일지도 모른다. 그렇기 때문에 나는 나이팅게일이 진정한 사랑의 수호자로 죽어 갔다고, 그렇게 믿기로 했다. 사랑이란 행하는 것이고, 믿음으로 실체를 얻게 되는 것이니까.

Three Stories of Flawed Love

Interpretation #3

To our contemporary readers, this short fable of love can seem quite absurd. What is it trying to tell us? Where, if at all, is the fun in this story? We are given no introduction to the thoughts of the characters. We are constantly confused by the twist of events. The student, once seemingly in love, changes his mind as if he had never loved. The nightingale decides to sacrifice life, moved by what is so obviously only a fleeting infatuation. The professor's daughter seeks roses, jewels, and wealth, yet cares little about feelings.

In the end, the story is curation of three different stories of love, with three distinct flaws.

세 가지의 흠 있는 사랑

서교의 해석 #3

이 단편소설은 현대의 독자들에게는 조금 이상하게 다가올 수도 있습니다. 무엇을 말해 주려는 건지, 무슨 재미로 읽어야 하는 것인지, 인물들의 속마음은 대체 무엇인지, 잘 이해가 가지 않거든요. 인물들의 속마음에 대한 명쾌한 설명도 없을 뿐더러, 끝없이 이어지는 작은 반전들이 우리를 헷갈리게 합니다. 사랑에 빠진 것 같던 학생은 순식간에 돌변하여 사랑 따위는 전혀 모르는 것처럼 책 읽기에 집중합니다. 열병처럼 찰나에 스러질 이 사랑을 위해서 나이팅게일은 자신의 생명을 내어놓지요. 장미나 보석 같은 물질만 탐하는 교수님의 딸은 사람의 마음 따위는 안중에도 없습니다.

이 이야기는 각기 다른 흠을 가진 세 가지 사랑 이야기를 보여 주고 있는 겁니다.

The kind of love which we are the most accustomed to criticizing, is that of the professor's daughter. Her love is a materialistic one. First, she asks for a red rose. It is a seemingly innocuous and cliched request – but when the student brings her a red rose, she refuses. She decides to dance with the Chamberlain's nephew who sent her some jewels, saying "Everybody knows that jewels cost far more than flowers." This makes a moment of disenchantment for the student. For us readers, knowing that the rose had cost not wealth but life, it is a moment of anguish.

Perhaps the professor's daughter will find her love one day. She would find someone wealthy

셋 중에서 교수님의 딸이 보여 주는 형태의 사랑을 우리는 가장 쉽게 비판하곤 합니다. 그 사랑은 바로 물질적인 사랑입니다. 그는 먼저 빨간 장미를 요구합니다. 이 조건은 어쩌면 사랑을 증명해 보이라는 평범한 클리셰처럼 보이지만, 학생이 빨간 장미를 구해 온 뒤에도 그를 받아주지 않습니다. 대신 교수님의 딸은 "보석이 꽃보다 비싼 것은 모두가 아는 사실"이라며, 값비싼 보석을 보내온 귀족 집안의 자제와 파트너가 될 것이라 말합니다. 이는 학생에게는 각성의 순간입니다. 빨간 장미가 돈이 아닌 생명과 바꾼 것임을 알고 있는 독자들에게는 고통의 순간이기도 합니다.

어쩌면 교수님의 딸은 언젠가 자신이 원하는 사랑을 찾게 될지도 모릅니다. 보석을 보내온 귀족 집안의 자제조

and powerful, who would give her jewels far more exuberant than that which the Chamberlain's nephew could afford. However, her pursuit of love would always remain a quantitative measurement, forever dependent on the presence or the absence of material.

The student's love is a fleeting fancy. All it took was one rejection for him to break out of his infatuation. Remember, a while ago his eyes had filled with tears, lamenting that in all his garden there was no red rose. His inability to find the red rose mirrors his lack of devotion. Now he sits in his room, reading from a great dusty book. He mutters "What a silly

차도 살 수 없는, 그런 화려하고 값비싼 보석을 선물해 올 힘 있는 누군가를 만나게 될 수도 있죠. 그러나 그는 언제나 사랑을 수치로 가늠하려 들 것이고 다른 사람의 것과 비교할 것입니다. 그의 사랑은 영원히 물질의 유무에 의존적이 될 수밖에 없습니다.

학생의 사랑은 순간의 욕망입니다. 단 한 번의 거절로 쉽게 깨져 버릴 찰나의 열병이죠. 바로 얼마 전, 그는 자신의 정원에 서서 빨간 장미를 도무지 찾을 수 없다고 눈물짓고 있었습니다. 어쩌면 빨간 장미를 찾지 못하고 울부짖는 모습은 그의 사랑이 불완전하고 사랑을 위한 헌신이 부족하다는 것을 나타내고 있는지도 모릅니다. 얼마 지나지 않아, 그는 자기 방 책상에 앉아서 먼지 쌓인 책을 읽으며 "사랑은 참으로 어리석도다!"라고 투덜거리고 있습

thing love is." What once had brought him to tears of frustration was now dismissed as a silly, impractical ordeal.

The student is at first disheartened, discontent, then indifferent. Was it love at all? We would never know.

The two ways of love is visibly flawed. One is a pursuit of material that prefers whichever is worth more, the other is but a fitful manifestation of passion which falls to the smallest of challenges. There is neither emotion nor devotion between the student and the professor's daughter. On the contrary, the compassion and devotion of the nightingale is

니다. 한때 눈물을 흘리게 했던 사랑은, 이제 어리석고 쓸데없는 짓으로 전락하고 말았습니다.

학생은 장미를 찾지 못해 좌절했습니다. 학생은 자신의 요청을 받아 주지 않아 불만을 토로했습니다. 그러고는 사랑에 무관심해졌습니다. 그동안 학생이 품은 마음은 사랑이었을까요? 글쎄요. 알 길이 없습니다.

이 두 사랑의 흠은 쉽게 눈에 띕니다. 교수님의 딸은 득실만을 계산하는 물질적인 추구를 사랑이라 여겼고, 학생의 사랑은 조그만 시련에도 굴복하고 마는 일시적인 욕망에 지나지 않았죠. 교수님의 딸과 학생 사이에는 제대로 된 사랑의 감정도, 서로를 위한 헌신도 존재하지 않았습니다. 반대로, 열정과 헌신뿐인 나이팅게일의 사랑은 이 둘의 대척점처럼 그려집니다. 나이팅게일은 눈물을 흘리는

presented as a contrast to this imperfect couple. The nightingale watches the student cry from a distance. She declares that he "must be a true lover", and having searched for it for long, she decides to do what she can to make it come true. The nightingale sacrifices her life. She lets the thorn pierce her heart, so that the red rose may bloom. It is the rose that the girl rejects, and the boy throws in the gutter.

It is easy to think of the other two kinds of love as superficial, and the nightingale's love as true, but it is not without its flaws. The nightingale's love lacks self, and consequently, self-love. As beautiful as it may be, it is the greatest flaw, and it bestows upon

학생을 멀리서 지켜보고, 그가 자신이 애타게 찾아왔던 '진정한 사랑'을 하는 사람이라 결론짓습니다. 그 사랑이 이루어질 수 있도록 무엇이든 하겠다고 결심하죠. 그리고 그 사랑을 위해 자신의 생명을 희생합니다. 장미의 가시는 나이팅게일의 심장을 관통하고, 정원에는 마침내 빨간 장미가 피어납니다. 바로 교수님의 딸이 거절하고, 학생이 배수로에 던져 버리는 그 빨간 장미입니다.

이 두 사람과 달리 나이팅게일의 사랑은 진정한 사랑처럼 보일 수도 있습니다. 그러나 그 역시 크나큰 흠이 있습니다. 그의 사랑 속에서는 '자신'이 없습니다. 자기애가 없는 사랑입니다. 어쩌면 아름다워 보일 수도 있지만, 이는 가장 치명적인 흠결입니다. 결국 나이팅게일은 세 인물 가운데 가장 비참한 최후를 맞이합니다. 바로 의미 없는 죽

her the greatest tragedy of the three: a futile death.

Other than the characters who love, there are the characters who watch. There is the butterfly and the daisy who wonders why, the cynical green lizard who calls it ridiculous, and the oak tree who gave a sad farewell to the nightingale. We find ourselves reading the story in their places. Some of us would wonder why. Some would think it is ridiculous – the decisions and the actions of the characters are indeed questionable. Some of us, like the oak tree, would look at the nightingale with sadness and remorse.

We know that love without self-love, however poetic, is always a tragedy. This story is not about

음입니다.

이 이야기 속에는 '사랑'을 하는 인물들 외에도 지켜보는 인물들이 있습니다. 무슨 일인지 궁금해했던 나비와 데이지 꽃, 바보같다고 비웃었던 도마뱀, 그리고 나이팅게일에게 슬픈 작별 인사를 했던 참나무 말입니다. 우리는 이들의 자리에 서서 이야기를 읽게 됩니다. 어떤 이는 갸우뚱하며 궁금해할 수도 있고, 어떤 이는 바보 같은 짓이라고 생각할 수도 있습니다. 아무래도 등장인물들의 생각과 행동이 쉽게 납득이 가지는 않거든요. 그리고 어떤 이는, 참나무처럼 슬픔과 자책 가득한 마음으로 이야기를 읽을 것입니다.

자신을 사랑하지 못하는 사랑은 비극으로 끝난다는 것은, 우리 모두가 잘 알고 있습니다. 그 비극이 아무리 시적

true love. It is a collection of three stories of flawed love, where the one with the greatest flaw faces the most tragic ending.

이고 아름다울지라도 말입니다. 이 단편은 진정한 사랑에
관한 이야기가 아닙니다. 이 이야기는 각기 다른 흠을 가
진 세 가지 사랑에 관한 이야기이자, 그 가운데 가장 치명
적인 흠결이 낳은 터무니없는 비극에 대한 이야기입니다.

박 서 교

실수로 미술을 전공했다. 최근에는 마원(馬遠)의 공자상
연구로 석사학위를 취득하였다. 번뇌와 굶주림, 게으름을
피해 이곳저곳을 떠돌며 끊임없이 실수를 저지르고 있다.

"There is no female mind.

The brain is not an organ of sex.

As well speak of a female liver."

-Charlotte Perkins Gilman

"여성적 사고란 존재하지 않는다.
뇌는 성별이 있는 기관이 아니니까.
간이 여성적이라 표현하겠는가!"

– 샬롯 퍼킨스 길먼

참고 자료

Fonseka, PhD, P. E. (2020). Sacrifice Unacknowledged: A literary analysis OF "The nightingale and the Rose" by Oscar Wilde. American Research Journal of English and Literature, 6(1), 1-8. doi:10.21694/2378-9026.20010

The happy prince and other tales. (2021, February 13). Retrieved February 15, 2021, from https://en.wikipedia.org/wiki/The_Happy_Prince_and_Other_Tales#%22The_Nightingale_and_the_Rose%22

Kadir, S., & Abbas, A. (2019, November 01). A stylistic analysis of Oscar Wilde's the nightingale and the Rose. Retrieved February 15, 2021, from https://www.researchgate.net/publication/320021914_A_Stylistic_Analysis_of_Oscar_Wilde's_the_Nightingale_and_the_Rose

LitCharts (Ed.). (n.d.). The Nightingale and the Rose study guide. Retrieved February 15, 2021, from https://www.litcharts.com/lit/the-nightingale-and-the-rose

Lonada, F., & Martin, L. (2013). The use of figurative language in characterization of Wilde's The Nightingale and the Red Rose (Doctoral dissertation, Andalas Universtiy, 2013) (pp. 15-20). Padang, West Sumatra: ANDALAS UNIVERSITY.

The Nightingale and the Rose Study Guide: Course Hero. (n.d.). Retrieved February 16, 2021, from https://www.coursehero.com/

lit/The-Nightingale-and-the-Rose/

Oscar Wilde and the Victorian society. (2014, January 05). Retrieved February 15, 2021, from https://oscarwildesociety. wordpress.com/2014/01/05/oscar-wilde-and-the-victorian-society/

Osman, B. (Ed.). (2019, February 22). The Nightingale and the ROSE: A literary analysis. Retrieved February 15, 2021, from https://garmian.edu.krd/en/the-nightingale-and-the-rose-a-literary-analysis/

Ping, W. (n.d.). The Symbolic Meaning of Nightingale in The Nightingale and the Rose by Oscar Wilde. Retrieved February 15, 2021, from https://hs.kku.ac.th/ichuso/2018/ICHUSO-078.pdf

Reshytko, A. D. (2019). Analysis of lexical-semantic and stylistic devices of fairy tales by oscar wilde. F lolog n Traktati, 11(2), 69-79. doi:10.21272/ftrk.2019.11(2)-8

Schneider, M. (2018, October 2). Oscar Wilde on Learning Outcomes Assessment. Retrieved February 15, 2021, from http://anthropoetics.ucla.edu/category/ap2002/

Widyalankara, R. C. (n.d.). A judicious analysis of The Nightingale and the Rose (Rep.). University of Kelaniya.8

읽고 함께 나눠요!

『나이팅게일과 장미』는 화려한 비유와 신랄한 풍자가 담긴 문학작품입니다. 네이버 "월간내로라" 카페에서 여러분의 해석과 감상을 들려주세요. 매월 세 분을 선정하여 The Bakery of Sangsaeng Mama에서 선물세트를 보내드립니다.

메일 주세요 → monthly@naerora.com
네이버 카페 → naeroras.com
인스타 태그 → @naerorabooks